T. 7 48/1535.

MÉLANGES.

PRIX, 3o CENTIMES.

PARIS,

Chez CORRÉARD, libraire, Palais-Royal, galerie de bois.

25 mai 1820.

MÉLANGES.

On a tant parlé de Grenoble et de ce qui s'y est passé pendant le séjour de M. le duc d'Angoulême, qu'il serait fastidieux de revenir sur des faits avérés, si les journaux de la faction monarchique et ceux du ministère n'avaient pas cru devoir profiter de la censure, qui impose silence aux feuilles patriotiques, pour nier impudemment ce qu'une population de trente mille ames peut attester.

Je ne prétends pas que l'on nous croie sur parole, mon correspondant et moi ; mais je supplie les hommes sincères, quelque opinion qu'ils professent, de vouloir bien peser au fond de leur conscience les témoignages de quelques citoyens désintéressés, et ceux des écrivains de police dont le métier consiste à mentir pour de l'argent.

Et qu'on ne croie pas qu'il ne s'agisse ici que de rétablir quelques faits : il s'agit surtout de déshonorer dans l'opinion publique le plat régime de la censure, et de parler d'avance par des faits à la raison des électeurs.

GRENOBLE.

(12 mai 1820.)

« ... Je vous transmets quelques détails sur le passage du duc d'Angoulême à Grenoble. Ces détails sont, à mon avis, très-importans : ils contribuent, mieux que ne pourraient le faire tous les raisonnemens, à donner une idée exacte de la situation de ce pays ; et je ne doute pas que, s'ils étaient connus, ils ne servissent puissamment à établir dans la nation un esprit d'opposition calme, réfléchie, mais énergique, qui seule peut sauver la liberté, et faire retomber sur nos oligarques le poids accablant du despotisme qu'ils veulent nous imposer.

« Certes, si *l'esprit de vertige et d'erreur* n'a pas entièrement aveuglé le prince, l'explosion unanime de l'opinion publique pourra le faire réfléchir, et son voyage ne sera pas sans fruit, s'il lui a fait connaître la mesure de la foi qu'il doit ajouter aux jactances d'un parti qui abuse, depuis trente ans, de l'indulgence de la nation. (Suivent des détails conformes de tous points à ceux qui ont été publiés dans différentes brochures, sur le séjour de S. A. R. M. le duc d'Angoulême, à Grenoble.) Le cri de *vive la charte !* a commencé à l'arrivée du prince, l'a accompagné à l'hôtel de la préfecture, et s'est renouvelé toutes les fois que son altesse royale s'est montrée au public. Vainement des mesures imposantes ont été prises, vainement des officiers de la suite du prince ont exprimé leur improbation, vainement enfin la force publique a pris une attitude menaçante ; tout a reculé devant l'explosion formidable de l'opinion publique. La gendarmerie avait reçu l'ordre de faire évacuer les promenades du Jardin de ville , (promenade à Grenoble) et les pieds des chevaux ont foulé des allées et des gazons, jusqu'ici exclusivement réservés aux plaisirs tranquilles des citoyens. Cette sorte d'infraction à l'usage, ce fracas inusité a irrité les esprits , et les cavaliers se sont vus presser de groupes nombreux qui vociféraient d'indignation : *La charte et toujours la charte!* Plusieurs personnes prétendent que la troupe n'était pas éloignée de partager les sentimens des citoyens, et que quelques cris de *vive la charte!* ont été proférés par les soldats. Cela ne m'étonnerait pas, parce que, quelque sévère que soit la discipline , il est à peu près impossible de résister à l'entraînement qui s'empare toujours des masses, lorsque tous les individus sont animés d'ailleurs des mêmes sentimens. Or, l'exemple de Rennes a dû prouver aux aristocrates que les militaires français n'entendent pas renoncer au droit de citoyen, et que pour eux la charte est le drapeau de la liberté auquel ils sont résolus de demeurer fidèles.

« Le prince était entourré d'un appareil militaire qui paraît avoir offensé les citoyens de Grenoble. Des sentinelles , de quatre en quatre pas , bordant les avenues ; des patrouilles nombreuses de jour et de nuit ; trois cents hommes bivouaquant dans le jardin , telles sont les précautions qu'on a cru devoir prendre, probablement à l'insu et sans l'agrément du prince qui n'a pas craint de paraître à la revue à découvert. Si toutes ces mesures ont été suggérées par la crainte , elles sont bien injurieuses pour l'estimable population qui en est l'objet, et bien affreuses , sans doute , pour le prince qui s'imaginerait qu'elles sont nécessaires.

« Des gens qui nourrissent une vieille inimitié contre la jeunesse de Grenoble , à cause de ses sentimens patriotiques , ont accusé les étudians de la faculté de droit d'avoir provoqué cette éruption constitutionnelle ; insensés qui ne conçoivent pas que l'on ne remue toute une population qu'en flattant ses sentimens particuliers , et qu'avec toute l'adresse et le talent possibles , on n'obtiendra jamais d'un peuple libre que la manifestation de ce qui se trouve au fond des cœurs. Quoi qu'il en soit , les étudians en droit sont l'objet de beaucoup de dénonciations. Ils étaient déjà en querelle avec l'autorité , à cause d'une tentative de publication d'un imprimé , contenant une adresse énergique aux *cent quinze* , une lettre à leurs camarades de Rennes , et un exposé de quelques événemens de l'intérieur de l'école. Cet écrit, saisi avant publication contrairement aux dispositions formelles de la loi , pourrait bien reparaître , dans quelque autre département , dont les autorités s'imagineraient qu'il est possible d'administrer un pays sans en violer les lois. Au surplus , la chambre du conseil a donné une leçon sévère à l'autorité qui a ordonné la saisie, en déclarant qu'il n'y avait lieu à suivre , à raison même de l'illégalité de la saisie. Il est vrai que M. le procureur du roi a appelé de cet arrêt, mais il est impossible que la chambre d'accusation ne le confirme pas. Les étudians en droit ont opposé à l'exécution un peu orientale de l'autorité administrative , une résistance tout à fait légale et qui a dû la faire rougir de son procédé.

« On parle beaucoup ici du désarmement de l'arsenal. On prétend qu'il en a été enlevé trente mille fusils. Quelle direction ont pris ces armes? On l'ignore : quelques personnes , cependant, croient savoir que ces fusils , transportés à Lyon , ont été embarqués sur le Rhône et sont destinés pour le midi de la France. Dans quel but? Je n'ajoute aucune foi à ces bruits, mais il faut convenir qu'ils ne sont pas rassurans , quand on les rapproche de certain faits dénoncés par un certain magistrat à la chambre des députés.

Art. 2.

Paris, le 23 mai 1820.

Vous voulez savoir, mon cher ami, de quelle manière la *censure* s'exerce à Paris. Bien que vous trouviez les journaux *ultrà* toujours aussi exagérés, et les feuilles libérales toujours insignifiantes, vous ne savez que penser de la conduite d'un ministre qui laisse violer la parole qu'il avait donnée à la face de la nation entière, lorsqu'il promit que l'inquisition sur la pensée serait *toute paternelle*. Vous devez maintenant savoir à quoi vous en tenir ; mais s'il vous restait encore quelques doutes, je me fais fort de les dissiper, en vous citant quelques articles rejetés par MM. les *censeurs*. En comparant les *articles refusés* avec les sales injures prodiguées dans les feuilles *anti-fran-çaises*, vous pourriez vous faire une idée de l'impartialité de notre *douce censure*.

La *Gazette d'Augsbourg* publie depuis quelques jours de longnes lettres sur Paris. On y dit que M. Lainé a refusé le titre de comte, en déclarant qu'il ne voulait pas se laisser enlever le titre de Lainé tout court ; que M. le duc de Gaëte sera élevé à la pairie, qu'il aura pour successeur dans la place de gouverneur de la banque M. le duc de Lévis, membre de la chambre des pairs. Cet article, quoique très-insignifiant, n'a pu trouver grace devant la censure ; j'en ignore la cause, et je la crois difficile à deviner. Quant à l'article suivant, inséré dans l'*Impartial* de Bruxelles, l'augmentation subite des grains semble motiver le refus que MM. les censeurs ont fait de le laisser passer dans les journaux français. L'*Impartial* dit que les avis de la Hollande annoncent une hausse dans les prix des blés, par suite des *achats faits pour le compte de France;* que ces achats doivent être considérables, à en juger par le grand nombre des bateaux chargés de grains pour les ports du royaume.

Quant à l'article suivant, traduit des gazettes Espagnolles, l'improbation qu'il a encourue de la part de MM. de la *censure*, semble être une critique de notre gouvernement ; cet article est ainsi conçu : « Les Espagnols commencent déjà à s'occuper d'attirer les capitalistes et les ouvriers étrangers chez eux ; cette politique est assurément très - sage, et si le régime actuel se consolide, comme tout le fait présumer, il n'y a pas de doute que beaucoup d'hommes préféreront le séjour de l'Espagne à celui de tel ou tel autre pays qu'on pourrait citer, et dans lequel l'*arbitraire* détruit toute sûreté des personnes et des biens. »

Dans un moment où dire la vérité est un délit très-grave, vous ne serez point étonné qu'on ait refusé un article aussi innocent que celui-ci : « Les choses arrivent comme nous l'avions prévu. Le procès de Louvel commence positivement le même jour que la discussion sur la loi d'élection ; nous sommes loin de croire qu'on ait voulu affaiblir, en la partageant, l'attention que le public aurait donnée, dans cette occasion, aux débats de la chambre. C'est fortuitement, nous en sommes convaincus, que les choses arrivent ainsi ; mais il faut convenir que le hasard, dans cette circonstance, sert mieux les intérêts de ceux qui veulent faire passer le nouveau projet de loi, que ceux qui se disposent à le combattre. »

Vous devez maintenant avoir une juste idée de l'impartialité de MM. les censeurs, permettez néanmoins que je vous fasse connaître encore différens articles qu'ils ont refusés, je ne sais pourquoi. C'est une ample matière à réflexions que vous ferez sans doute mieux que moi.

On a saisi chez le libraire Corréard une brochure intitulée *Attention !* d'où sont extraits les détails que M. de Corcelles a donnés dans la séance du . . . , sur les événemens qui se sont passés à Grenoble, lors du séjour de S. A. R. le duc d'Angoulême.

-- M. Goyet, défenseur infatigable de la liberté publique, vient de publier au Mans son *Opinion sur les effets que la future loi des élections* aurait dans le département de la Sarthe. Sur deux cent trente-sept éligibles, il trouve cent trente-huit ci-devant privilégiés, vingt-deux fonctionnaires publics, trois chefs de chouans : total, cent soixante-trois. « Ainsi, dit-il, que le collége du département soit composé de deux ou trois cents membres, la majorité de ce collége sera dévouée au ministère actuel.... Les oligarques et les agens de l'autorité manœuvreront surtout dans l'arrondissement de Saint-Calais. Cet arrondissement contient deux cent cinq électeurs inscrits : vingt-cinq éligibles feront partie du collége suprême. Le collége de Saint-Calais sera donc composé de cent quatre-vingt membres. La majorité y sera formée par quatre-vingt-onze, dans l'hypothèse que tous les inscrits s'y rendent. Heureux les petits arrondissemens ! les grâces, les promesses, les paroles bienveillantes seront le partage de leurs électeurs ! Les électeurs de Saint-Calais désigneront les quatre candidats agréables aux privilégiés du collége suprême. Ainsi donc, quatre-vingt-onze électeurs de Saint-Calais et cent vingt-cinq du collége de département : au total, deux cent seize électeurs , nommeront les députés d'un département qui renferme quatre cent dix mille ames , et dix-huit à dix-neuf cents électeurs.

— Le préfet de l'Isère a donné ordre, en forme d'invitation , aux journalistes de Grenoble , d'insérer dans leurs feuilles la réponse que le ministre de l'intérieur a faite dans le comité secret de la chambre des députés à l'adresse au roi, proposée par M. Manuel. Il nous semble que puisque le projet d'adresse n'a paru dans aucun journal, ni de Paris, ni des départemens, il aurait fallu permettre d'insérer à la fois la proposition et la réplique, ou ne pas ordonner aux journalistes de publier la réponse à ce développement de proposition qui n'a pas été publiée par la voie des journaux. Voilà pour la justice; passons à la légalité de l'ordre de M. le préfet de l'Isère. Il est défendu aux journaux de rendre compte des comités secrets; on a eu soin de rappeler cette défense, précisément à l'occasion du comité dans lequel a été discutée la proposition de M. Manuel. Comment donc M. le préfet peut-il obliger les journalistes de son département à violer la loi, en les forçant à insérer une partie des débats secrets?

— Le *Journal de Paris* a eu le privilége d'en dire très-long sur l'événement de Grenoble, après que la *censure* nous a effacé, deux jours de suite, un récit très-simple , très-innocent, que nous avions emprunté aux journaux de Grenoble. Il est vrai que le journal ministériel, dans son récit verbeux, transforme en sujets turbulens et presque *séditieux*, les jeunes gens qui ont crié *vive le roi! vive la charte!* et c'est ce que nous n'avions pas fait, parce que les journaux publiés sur les lieux n'en disaient pas un mot.

— Dans plusieurs villes et communes, les maires font des proclamations afin d'engager leurs administrés à sous-

crire pour le monument de monseigneur le duc de Berri ,
en employant des formules qui ne sont pas précisément
des ordres , mais qui équivalent à une forte recommanda-
tion , et l'on sait quel pouvoir exercent des autorités qui
recommandent fortement ; ce serait , il nous semble , ho-
norer davantage la mémoire du prince infortuné, que de
laisser les citoyens suivre librement les mouvemens de leur
cœur.

On vient de renouveler une ancienne caricature qui re-
présente un fermier au milieu de sa basse cour , disant aux
volailles groupées autour de lui : « Je vous ai rassemblées
pour savoir à quelle sauce vous voulez que je vous mange. »
Sur quoi un coq répond : « Nous ne voulons pas qu'on nous
mange. — Vous sortez de la question, reprend le fermier;
il ne s'agit pas de savoir si vous voulez qu'on vous mange ,
mais seulement à quelle sauce vous voulez être mangés.

Tous ces articles ont été impitoyablement refusés. Ils
portent encore la fatale empreinte de la réprobation, et les
croix rouges dont ils sont chargés, démontrent clairement
leur *indignité*. Le dernier est remarquable par le nombre
des ratures , on voit que M. le censeur qui l'a supprimé y
a mis de l'humeur, il n'y a pas un seul mot qui ne soit
couvert du fatal signe de condamnation, et plusieurs traits
tant soit peu plus larges qu'il ne convient, annoncent la
colère de celui qui a écrasé sa plume en les traçant.

Vous en savez maintenant autant que moi sur la manière
dont s'exerce la censure. Je ne vous en entretiendrai plus ;
mais je vais profiter de l'occasion qui me fait vous écrire
aussi longuement pour vous faire connaître deux extraits
de lettres que j'ai reçues de Bordeaux et de Bayonne.
Je n'ai pas voulu essayer de leur donner de la publicité
par la voie des journaux , je sens que je l'aurais vainement
tenté.

Bordeaux, ce 17 mai 1820.

Monsieur et ami ,

Le funeste événement du 13 février a réveillé ici toutes les haines, toutes les querelles qui depuis quatre ans semblaient éteintes. La charte sous l'empire de laquelle nous avons vécu pendant quelque temps, mettait un frein aux passions qui se réveillent aujourd'hui sous l'aspect le plus fâcheux. Les affaires sont dans une stagnation complète , le commerce est perdu, les lois d'exceptions ont tout détruit. Déjà plusieurs duels ont eu lieu pour cause d'opinion; M. P....t, ancien officier d'artillerie et aide de camp du général Lamarque, a été blessé par M. S....n, employé à *la police*, et que tout le monde méprise. Vous ne pouvez vous faire une idée de l'exaltation des têtes, les partis sont en présence, un seul mot peut les faire venir aux mains, et si la nouvelle loi des élections passe à la chambre des députés : les honnêtes gens (non pas ceux de M. Châteaubriand) ne seront pas en sûreté à Bordeaux.

L'affaire des rédacteurs de la *Tribune* doit être appelée à la cour d'assises dans les premiers jours de juin , aucun avocat ne veut les défendre.... Le barreau de notre ville s'était cependant acquis une assez grande célébrité en refusant son ministère aux malheureux frères *Fauchet*, sans qu'il y ajoutât encore par cette dernière lâcheté. Ecrivez-moi le plutôt que vous pourrez ; puissiez-vous m'apprendre que le projet ministériel a été rejeté, cela éviterait bien du mal.

Adieu.

C. D.

Bayonne, le 16 mai 1820.

« J'ai reçu mon cher P . . . ., ta lettre du 9. Le gouvernement prenant à tâche de ménager nos intérêts, vient de nous dispenser de recevoir les gazettes d'Espagne par le courrier ; on les saisit toutes , et une disposition du conseil d'état ordonne que les particuliers qui en introduiraient soient passibles de 5oo francs d'amende , et charge les *Douaniers* de la surveillance de cet arrêté ; ainsi à l'avenir ce sera par *ricochets* qu'il nous en viendra , au moins pendant quelques jours ; car il est évident qu'on s'occupera des moyens d'organiser les réceptions. Si pour lors tu veux des *gazettes* , marque-le-moi. Je m'arrangerai pour être du nombre de ceux qui les feront venir, et je prendrai mon abonnement à toute autre feuille qu'à la *Gazette de Madrid.* »

Vous pouvez voir par la première de ces lettres que les lois d'exception ne font pas l'effet qu'on en espérait ; quant à la seconde , elle dévoile un de ces actes arbitraires qui se renouvellent tous les jours , mais auxquels cependant les Français ne peuvent s'accoutumer. Je ne me permets aucunes réflexions : elles se présentent d'elles-mêmes à l'imagination , et tout citoyen peut maintenant apprécier les heureux résultats des lois de *confiance.*

Agréez , etc.

Peu s'en est fallu qu'une chaise renversée ne donnât matière à un procès criminel, pour arrestation illégale et condamnation *extrà*-judiciaire.

Voici le fait :

Un citoyen, en traversant les Tuileries, renverse une chaise qui se trouvait sur son passage (et cela sans intention, comme on peut bien le penser, car ici l'intention serait ce me semble assez difficile à caractériser); aussitôt un surveillant du jardin lui intime l'ordre de la relever, avant qu'il ait pu en prendre la résolution de son propre mouvement, et deux fois la sommation est répétée dans les mêmes termes. — Il suffit, monsieur, que vous l'ordonniez ainsi, réplique le particulier avec fermeté, pour que je refuse de vous obéir. — Vous insultez un *agent du roi* en fonctions, et dans le jardin même de sa majesté. — Il était difficile de ne pas sourire à cet air d'importance et de dignité de M. *l'agent du roi*; c'en fut assez pour que celui-ci se crût en droit de s'emparer de l'irrévérencieux citoyen et de le conduire au corps de garde, et cela sans doute sur l'autorité d'une certaine loi de *majesté*, portée sous le ministère de Séjan, et qui rendait aussi sacré tout ce qui, de près ou de loin, appartenait au maître, que le maître lui-même. Vous riez ? Pensez-vous donc qu'il y ait si loin du ministère de Séjan au temps ou nous vivons, que M. *l'agent du roi* n'ait pu facilement franchir la distance ?

Ce qu'il y a de certain, c'est que le *rebelle* fut conduit au corps de garde; que là fut fait un rapport bien circonstancié et bien envenimé; que, sur ce rapport, un tribunal *spécial* et *extraordinaire*, qui se trouva formé tout à coup, allait prononcer une condamnation *suffisamment* motivée, lorsque le *prévenu*, voulant enfin mettre un terme à ce singulier démêlé, prend la parole : — « Pourrais-je savoir à qui j'ai l'honneur de parler ? Avocat à la Cour royale de Paris, et par conséquent familier avec les lois et avec les formes judiciaires, j'ai peine à reconnaître ici mes juges naturels et même des juges quelconques. Cependant vous pouvez me condamner, vous pouvez encore me faire subir la condamnation que vous prononcerez ; je serai bien contraint de céder à la force ; mais, dans ce cas, vous aurez la bonté de me signifier par écrit le jugement avec ses motifs, et je vous déclare qu'aussitôt que je le pourrai, j'adresserai ma plainte au procureur du roi, et, s'il le faut même, à la Chambre des députés..... Il n'en fallait pas davantage pour rappeler aux supérieurs de M. *l'agent du roi*, leurs devoirs et les bornes de leur autorité. Changeant aussitôt d'attitude, et prenant des formes plus polies, ils voulurent bien condescendre à reconnaître qu'ils s'étaient trompés.

De ce fait, assez peu important en lui-même, on peut conclure qu'il suffit de connaître ses droits et de vouloir fermement les faire respecter, pour échapper à l'arbitraire, et mettre un frein à l'insolence trop commune chez les agens du pouvoir.

<center>~~~~~~</center>

Les journaux anglais nous annoncent qu'un certain *Crisp*, fameux marcheur, vient d'entreprendre pour le prix de 200 guinées, une nouvelle course, qui suppose qu'il fera cinq lieues à l'heure, pendant six jours et six nuits consécutifs.

Je connais un ministère, qui pourrait le disputer au fameux *Crisp*. Ainsi que lui, il marche jour et nuit. Il a fait, dit-on, le pari de refaire en trois mois tout le chemin qu'a parcouru la nation depuis 3o ans, c'est-à-dire, de retourner à l'ancien régime ; il est déjà à moitié route.

Un amateur s'est tellement essouflé à le suivre qu'il est resté court tout récemment à la tribune , mourant de soif, et tirant la langue comme un limier qui a perdu la trace de la bête.

Il est sur les dents, et a été obligé de s'envelopper dans du *coton* , pour éviter les inconvéniens d'une sueur rentrée.

IMPRIMERIE DE MADAME JEUNEHOMME-CRÉMIÈRE,

RUE HAUTEFEUILLE , n° 20.

www.ingramcontent.com/pod-product-compliance
Lightning Source LLC
Chambersburg PA
CBHW061601050726
47595CB00009B/3933